VENTE DU VENDREDI 19 DÉCEMBRE 1902

HOTEL DROUOT, Salle N° 8.

LITHOGRAPHIES

COSTUMES, MÉTIERS, VUES

Sujets Militaires

CARICATURES

PIÈCES HISTORIQUES

RECUEILS

CATALOGUES ILLUSTRES

DÉCEMBRE 1902

Me Maurice DELESTRE

Commissaire-priseur

5, Rue Saint-Georges, 5.

M. Paul ROBLIN

Marchand d'Estampes

65, Rue Saint-Lazare, 65.

CATALOGUE
DE LITHOGRAPHIES

COSTUMES, MÉTIERS, VUES
SUJETS MILITAIRES
CARICATURES
PIÈCES HISTORIQUES
Révolution de 1830 et de 1848

Œuvres de

ADAM, ARNOULT, BELLANGÉ, BOILLY, CHARLET, DAUMIER, DEVÉRIA
GAVARNI, GRÉVEDON, LALAISSE, LAMI, LE POITEVIN
LE PRINCE, MANET, MONNIER, RAFFET, C. et H. VERNET, etc.

RECUEILS
CATALOGUES ILLUSTRÉS

DONT LA VENTE AUX ENCHÈRES PUBLIQUES AURA LIEU

Hôtel des Commissaires-Priseurs, Rue Drouot, N° 9

SALLE N° 8

Le Vendredi 19 Décembre 1902

A DEUX HEURES PRÉCISES.

Par le Ministère de Me **MAURICE DELESTRE,** Commissaire-Priseur
5, Rue Saint-Georges, 5

Assisté de M. **PAUL ROBLIN,** Marchand d'Estampes
65, Rue Saint-Lazare, 65

PARIS, 1902

CONDITIONS DE LA VENTE

La Vente sera faite au comptant.

Les Acquéreurs paieront *dix pour cent* en sus du prix d'adjudication.

M. Paul **ROBLIN**, expert, chargé de la vente, se réserve la faculté de rassembler ou de diviser les lots.

DÉSIGNATION

ADAM (Victor)

1. Affiche pour retraite militaire aux flambeaux. *Lith. Hayet, Versailles*, in-fol. en larg.

2. Alphabet et chiffres récréatifs. Suite de dix lithographies in-4 en larg. Belles épreuves coloriées dans la couverture illustrée de publication.

3. — La même collection in-4. Epreuves en noir dans le cartonnage de publicatlon.

4. Un an de la Vie d'un jeune homme. Histoire véritable en 17 chapitres écrits par lui-même, et lithographiés par V. Adam, 1824. Dix-sept lithographies in-4 à toutes marges dans la couverture de publication.

5. Animaux domestiques et sauvages. Onze lithog. in-4 en larg, Belles épreuves coloriées.

6. Arts et métiers (Les), avec 24 vignettes par Victor Adam. *Paris, Louis Janet*, s. d., in-16 cart.

7. Le Bien et le Mal. Quatre-vingt-quatorze lithographies, avec la couverture illustrée de publication.

8. Buffon Adam. Suite de vingt-quatre lithographies in-fol. en larg. Epreuves à grandes marges.

9. Une campagne ou croquis militaire. 12 p. — Cent jours de la Vie d'un grand homme. 7 p. Ensemble, dix-neuf lithographies avec les couvertures illustrées de publication.

ADAM (Victor)

10. Le Chapitre des accidents, par Maurice Alhoy, illustré de 24 sujets d'après les dessins de Victor Adam. *Paris, Soulié, s. d.*, in-8 obl. cart.

11. Charades alphabétiques. Suite de vingt-cinq lithographies in-4 en larg. Belles épreuves coloriées avec le titre sur papier de Chine, et la couverture illustrée de publication.

12. Chevaux, chasses, etc. Sept lithographies en noir et coloriées. — On y a joint deux sujets de Landseer et de Garnier. Ensemble neuf pièces.

13. Collection des Costumes militaires. Armée française, 1832, représentée par des sujets de genre lithographiés par V. Adam. *Paris, Dero-Becker, s. d.* (1832). Quarante-deux pièces coloriées, la plupart sont sans marges.

14. Combat du taureau. Neuf lithographies in-4 en larg. Epreuves coloriées.

15. Cortège des Etudiants d'Utrecht, le 16 juin 1836, pour les fêtes d'Ostende. *Lithog. de Lemercier.* Dix pièces coloriées, rare.

16. Costumes militaires. Vingt lithog. coloriées, marges inégales.

17. Costumes suisses. Vingt-deux pièces in-4 coloriées.

18. Diable à Paris. Bamboches, culbutes, plaisirs et déplaisirs, farces et pochades rêvées et exécutées par Victor Adam. Suite de un titre et vingt lithographies in-4 en larg. Dans le cartonnage de publication.

19. Ecole Impériale de cavalerie. *Saumur, Javaud, s. d.* (1870), in-fol., texte et planches coloriées.

20. L'Equitation et ses charmes, 24 p. — Les Voitures, 21 p. — Aventures et désappointements de M. de la Lapinière, 24 p. Ensemble soixante-neuf lithographies in-4 cart.

21. Etudes d'animaux. Suite de vingt-une lithographies in-4 cart. Epreuves coloriées.

ADAM (Victor)

22. Fantaisies artistiques illustrées par Victor Adam. *Paris, Aubert, s. d.*, in-16 cart. Dix-sept sujets coloriés.

23. Fêtes des environs de Paris. Suite de douze lithographies in-4, avec la couverture illustrée de publication.

24. La Foire aux idées. Cent dix-sept lithographies in-4, avec la couverture illustrée de publication, marges inégales.

25. Histoire de l'Ancien et du Nouveau Testament. Douze sujets composés et lithographiés par Victor Adam. *Paris, Aubert, s. d.*, in-4 obl. cart. Belles épreuves coloriées.

26. Histoire de France, en tableaux. Suite de 108 sujets sur douze feuilles in-4 obl., avec un titre, cartonnage de publication.

27. Histoire de Napoléon. Suite de sujets composés et dessinés par Victor Adam et les portraits par Maurin. Titre orné et douze lithographies in-fol , grandes marges.

28. Illustrations modernes (Portraits d'écrivains). Album pour 1835. Douze lithographies in-4, dans la couverture illustrée de publication. (Taches d'encre).

29. Motifs Algériens. Suite de 1 titre illustré et douze lithographies pet. in-fol. cart.

30. Pages historiques de toutes les nations. Suite de douze lithographies in-fol. dans la couverture illustrée de publication.

31. Panidochème ou toutes sortes de voitures, 1829. Suite de trente-cinq lithographies in-4, épreuves en noir et coloriées, plusieurs sont rognées.

32. Passe-temps. Réunion de cent cinquante lithographies in-4, noires et coloriées.

33. Passe-temps. Suite de dix-sept lithographies in-4 cart. Belles épreuves coloriées avec l'encadrement du titre avant toute lettre.

ADAM (Victor)

34. Promenades dans Paris. Suite de douze lithographies in-4 en larg. Belles épreuves dans le cartonnage de publication avec couverture illustrée.

35. Retour en France des dépouilles mortelles de Napoléon. Suite de un portrait gravé et quinze lithographies in-fol. en larg. de Champin, fig. de V. Adam, cart.

36. Le Sac aux idées. Soixante-huit lithographies in-4.

37. Scènes de chasses en six tableaux : 1° Chasse au tigre. 2° Chasse au loup. 3° Chasse au héron. 4° Chasse au renard. 5° Chasse au cerf. 6° Chasse à la bécasse. Dessinées par Viard et les figures par V. Adam, in-4 en larg. cart. Trés belles épreuves coloriées, grandes marges.

38. Scènes militaires, 1829. Sept lithographies in-4 dans la couverture illustrée de publication.

39. Souvenirs de voitures, chevaux, animaux, courses, accidents, 6 p. avec la couverture. — Courses de taureaux, 11 p. Ensemble dix-sept lithographies en noir et coloriées.

40. Souvenirs et croquis de Dieppe et ses environs, par Monthelier et Tirpenne, figures par V. Adam. Vingt-sept lithographies in-4 cart.

41. Le Tour du monde, galerie historique, composés de 101 gravures. *Paris, Adolphe Delahays*, 1876 in-4 cart.

ADAM (V.), **WATTIER** (Em.)

42. Un an de la vie d'un jeune homme, histoire véritable en 17 chapitres, écrits par lui-même, 17 p. — La vie d'une jeune fille, 17 p. — La journée d'une actrice ou douze scènes de jour et de nuit, 12 p. Ensemble quarante-six lithographies in-4 coloriées, avec deux couvertures, cart.

ALLONGÉ (A.) et Ch. **MERCIER**

43. Hyères. Vues dessinées d'après nature. Suite de un titre et huit lithographies, gr. in-4 en larg., cart.

ARNOULT

44. Paris et ses environs. Vues et monuments les plus remarquables, 1841. Suite de 36 lithographies in-4 sur papier de Chine, cart., avec le titre. (Incomplet des planches 22 et 26).

45. Paris et ses souvenirs. Suite de vingt-quatre lithographies in-4 en larg., cart. Epreuves coloriées.

46. Vues de Paris. Vingt-quatre lithographies, épreuves en noir et coloriées.

AUBRY (Charles)

47. Chasses anciennes, d'après les manuscrits des XIVe et XVe siècles. Titre et douze lithographies in-fol.

BALLONS (Pièce sur les)

48. Fête au Champ de Mars, le dimanche 22 mai 1831. Dédiée à la garde nationale par Eugène Robertson. Lithographie in-fol. de Klein. Belle épreuve, rare.

BELLANGÉ

49. Scènes militaires. Sujets d'album. Quatorze lithographies. Belles épreuves.

BELLANGÉ, CHARLET

50. Sujets militaires. Etudes de mœurs. Dix-sept lithographies.

BENJAMIN

51. Grand chemin de la Postérité. — Almanach pour 1844. Six lithographies in-fol. (petites déchirures).

52. Panthéon charivarique. Trente-neuf portraits-charges in-4.

BENJAMIN, GIGOUX

53. Calendrier pour 1844. — Affiche pour Gil Blas. Deux lithographies in-fol.

BOILLY (Louis)

54. Quatre portraits différents de l'artiste sur la même feuille. — Le même, par Jules Boilly. Deux pièces à toutes marges.

55. A la santé des Lurons. Deux pièces dont une avec cette légende : *A la santé de la Garde nationale !* Epreuves en noir et coloriée.

56. Le Cabaret. — Le Jeu de l'Écarté. — La Main chaude. Trois lithographies en larg. (La troisième est tachée).

57. Les Déménagements. Deux épreuves dont une coloriée.

58. L'Economie Politique. Deux pièces dont une coloriée, cette dernière est sans marges.

59. Le Jeu de cartes. — Le Jeu de dames. — Le Jeu de dominos. — Le Jeu des échecs. Quatre pièces coloriées, petites marges.

60. Le Jeu de Tonneau. Deux épreuves dont une coloriée, marges.

61. Les Journaux. Deux épreuves dont une coloriée à toutes marges.

62. Les Journaux. Lithographie coloriée. Belle épreuve.

63. Réjouissance publique (Fête du Roi Charles X au grand carré des Champs-Elysées, 1826). Deux épreuves dont une coloriée.

64. Une scène des Boulevards. Deux épreuves sur papier de chine, dont une en couleur.

65. Spectacle gratis. — L'Effet du Mélodrame. — Savoyards montrant la marmotte, 2 ép. dont une sur papier de chine, ensemble quatre pièces. Marges.

66. C'est bonne maman. — Le Pauvre Chat — Le singe mendiant. Trois pièces. La dernière est coloriée.

BOILLY (Louis)

67. Les commissionnaires. — Le jeu de billes. — Le mendiant. — Les tailleurs de pierre. — La bonne aventure. — Les Savoyards. — La vielleuse. Sept lithographies in-4. Belles épreuves.

68. Portrait de l'artiste. — Le départ. — Le retour. — Les jouets du jour de l'an. — La première dent. — La dernière dent. — Grimaces. — La bonne aventure. — La petite famille, etc. Trente-deux lithographies in-4 en noir et coloriées (quelques doubles).

69. Réunion de trente cinq têtes. Deux épreuves dont une coloriée et l'autre peinte.

BOILLY (d'après L.)

70. Les hommes se disputent. — Les femmes se battent. Deux pièces faisant pendants, gravées par Chaponnier. Belles épreuves. Marges.

71. Ire et IIe scène des Voleurs. Deux pièces faisant pendants, gravées par Gror. Belles épreuves, petites marges.

72. — Les mêmes estampes, épreuves sans marges.

73. Jean qui pleure et Jean qui rit. Deux pièces in-4 faisant pendants, gravées par Mlle Hulot. Epreuves avant la lettre à toutes marges.

74. Marche incroyable, par Bonnefoy. Deux épreuves dont une coloriée.

75. Le Porte-Drapeau de la fête civique (Portrait de Chenard, acteur), par Copia. Deux épreuves dont une avant la lettre, les noms d'artistes tracés à la pointe, marges.

76. Réunion d'Artistes, dédiée aux Amateurs des Arts; in-fol. par Clément avec le trait explicatif. Deux pièces.

BONINGTON (R. P.)

77. Vue de Bologne, eau-forte in-8 (H. B. 64) Très belle épreuve sur papier de Chine, à toutes marges.

BONINGTON (R. P.)

78. Rue du Gros horloge à Rouen. — Tour du Gros horloge à Evreux. — La Tour du marché à Bergues. — Maison située rue Ste-Véronique à Beauvais. — Entrée de la salle des Pas-Perdus à Rouen. — Fontaine de la Crosse. Six lithographies. Les deux premières sont sur papier de Chine, à toutes marges.

BONINGTON (R. P.), **ISABEY** (Eug.)

79. Cathédrale Notre-Dame à Rouen. — Eglise Saint-Sauveur à Caen. — Vue de Normandie. — Vue de Caen. — Côte de Douvres. — Barques sur une rivière. Six lithographies. Belles épreuves, une est sur papier de Chine.

BONINGTON, DELAROCHE, LAMI

80. The Lithographic Album of Sir Walter Scott, readers, or. 12 Sketches by the Following, distinguished Artists. *London, published by Colnaghi 1829.* Douze lithographies sur papier de Chine dans la couverture de publication.

BURGET, SIMON (Jules)

81. Vichy et ses environs. Deux albums de vues in-4 cart., un est avec dédicace.

CALAMATTA (L.)

82. *Ingres*, 1835 ; in-4 (H. B. 19). Très belle épreuve avant la lettre sur papier de Chine. Les noms d'artistes tracés à la pointe.

CARICATURES

83. Avant. — Après. Deux pièces coloriées, *chez Gault.*

84. *La Mensuelle.* La Fenaison. — L'échenillage et les semailles. — Grenier d'abondance — Le peuple livré aux impôts suceurs .. — Descente dans les ateliers. — De la liberté de la presse. Cinq lithographies in-fol. par Grandville. Belles épreuves, quatre sont sur papier de Chine.

CARICATURES

85. *La Mensuelle.* Dix-huit lithographies in-fol. en largeur (quelques doubles).

86. Le Goût du jour. — Cris de Paris. — Portraits. — Costumes militaires, etc. Trente-cinq pièces noires et coloriées.

87. Lithographies par Gavarni, Ed. de Beaumont, V. Adam, Pruche, Platel, Provost, Vernier, etc. Vingt-deux pièces.

88. Lithographies par Daumier, Grandville, G. Doré, Ch. Jacque, Cham, Quillenbois et autres. Trente pièces.

89. Panorama lithographique. Pièces à tiroir par A. Menut. Quatre pièces coloriées. Belles épreuves.

90. Caricatures sur *Monsieur Mayeux.* Réunion de quatre-vingt lithographies in-12 et in-4 par ou d'après Traviès, Ch. de S., Grandville, H. V., Robillard, Bourdet, etc. Epreuves en noir et coloriées, la plupart à grandes marges. Lot très intéressant.

91. Musée Dantan. — Qui pro quos. — Rêve d'un conscrit. — Les bigarrures de l'esprit humain. — Les métiers. — Mœurs parisiennes. Cinquante-six lithographies noires et coloriées par Grandville, Forest, Pigal, Plastel, Bourdet, etc.

92. Scènes de mœurs, époque du Second Empire. Quatre-vingt-une lithographies coloriées.

CHAM

93. Les tortures de la Mode, titre et vingt-quatre lithographies in-4 br Belles épreuves avec la couverture de publication.

CHAMPIN

94. Habitations des personnages célèbres à Paris et aux environs, d'après Regnier. Cinquante lithog. in-4, la plupart sur papier de Chine.

CHAPUY

95. Vues pittoresques de la Cathédrale de Paris, dessinées et lithographiées par Chapuy. *Paris, Leblanc*, 1823, in-4 cart.

CHARLET

96. Napoléon à Iéna. (De Lacombe 10). Deux épreuves dont une coloriée, marges.

97. Déroute de Cosaques (26 R.). — Cuirassiers chargeant (31 R.). — La bienfaisance (32 R.). — La bienvenue (35 R.). — Les quatre mendiants (37 RR.). Cinq pièces. *Chez Lasteyrie*. Très belles épreuves.

98. Le grenadier de Waterloo (39). Belle épreuve (petits racommodages).

99. Le Grenadier manchot (51 RRR). *Chez Lasteyrie*. Très belle épreuve du 2e état avec les mots : *Ils sont morts pour la patrie*, effacés.

100. Les Maraudeurs (49 RR). — Les Invalides en goguette (50 R). Deux pièces *chez Lasteyrie*. Très belles épreuves.

101. Que dit-on ? (58). — Ils s'en vont ! (62). — Il faut rire (63). Gaspard l'avisé partant pour l'armée (65). Quatre pièces.

102. Les Maraudeurs (86 RR.). — L'Aumône (87 R.). — Jeune soldat se découvrant devant un invalide. (88 RR). Trois pièces *chez Delpech*. Très belles épreuves.

103. N'abandonnez pas cette pauvre veuve (270). — Les quilles (271). — Elle n'admet pas de remplaçants (272). — Impiété (273). — Piété (274). — J'obtiens de l'activité (275). — Il m'en reste encore un pour la patrie (276). — Le tailleur de pierre (277). — Vous croisez la baïonnette sur les vieux amis (278). — Ecole du balayeur (279). — Voilà pourtant comme je serai dimanche (280). Onze pièces. Très belles épreuves.

104. L'Ecole de village (282). — Le beau bras ! (283). — Entrez, entrez chez Gihaut (289). — Le soleil luit pour tout le monde (290). — Je suis innocent (291). — La manie des armes (292). — Réjouissances publiques (293). Onze pièces. Très belles épreuves.

CHARLET

105. Au commandement de halte !... (309). — Au commandement de pas d'observations (310). — Capitaine, j'ai des faiblesses ! (311). — Honneur au courage malheureux (312). — Lieutenant, je cherche du fourrage (318 et 319 R). — 1re et 2e feuilles de croquis (322 et 323). Huit pièces. Très belles épreuves, deux sont sur papier de Chine.

106. **Pièces détachées 1830**. Feuilles de croquis (324, 326 à 330). — Jeune femme (331). — Le Gamin éminemment et profondément libéral (322). Deux épreuves avec variante dans la légende. — L'allocution (333. 2 ép.). — La même, 1re idée (334). — Le Tailleur de pierres (335). — Pingard et Buchette (338). Quatorze pièces. Très belles épreuves, trois sont sur papier de Chine.

107. Charge de chevau-légers (330) — Marche de lanciers sur un champ de bataille (342). — Vieux pâtre assis près du tombeau de sa fille (343). — Quand tu fais des poires... (344). — Deux élèves de l'Ecole polytechnique (350). — Le Magister de notre village (351 R). — Chacun chez soi (353). — 5 mai ! (358). — 15 août ! (360). Neuf pièces. Très belles épreuves, trois sont sur papier de Chine.

108. Griffonnements, pièces diverses non terminées de 1823 à 1840. Réunion de trente et une pièces (371 à 425). Belles épreuves, grandes marges.

109. Garde Française (211). — Scène d'Intérieur (315). — Feuille d'études (372). — Sujets tirés du Journal l'Artiste (449, 471). — Feuilles d'alphabet (843 et suiv.). Vingt-deux lithographies. Belles épreuves.

110. Album lithographique 1825, titre et dix-huit lithographies in-4 obl. cart.

111. Croquis à la manière noire, dédiés à Béranger par Charlet. Onze lithographies (969 à 981). Belles épreuves.

CHARLET

112. Costumes militaires. — Paysages, etc., dessinés à la plume, à l'usage des écoles spéciales (1000 et suiv.) Quatorze lithographies. Belles épreuves.

113. Homme assis (1059). Belle épreuve sur papier de Chine.

114. Scènes militaires. — Sujets d'albums. — Eaux-fortes. — Essais de manière noire, etc. Cinquante-deux pièces. Belles épreuves.

115. Recueil factice d'environ deux cent vingt-cinq lithographies de tous formats. Portraits de Napoléon, feuilles d'albums, sujets militaires, costumes, dessins à la plume, etc. Gr. in-fol., dem.-rel. chag. vert.

CICERI (Eugène)

116. Voyage Pittoresque à travers l'Isthme de Suez, Album de S. M. l'impératrice, Aquarelles d'après nature par Riou, lithographiées en couleur par M. Eugène Ciceri. *Paris, Paul Dupont, s. d.*, in-fol. cart.

COSTUMES, MODES

117. Les métiers et cris de Paris. Cinquante-cinq gravures et lithographies de tous formats par Debucourt, Boilly, Charlet, Delarue, Forest, Gavarni, etc. Epreuves en noir et coloriées.

118. Les Métiers. Dessin par Régamey. Estampes, lithographies et gravures sur bois par ou d'après Bouchot, Martinet, Gavarni, De Beaumont, Traviès, Monnier, Poisson, Meissonnier, etc. Soixante-dix pièces, plusieurs sont coloriées.

119. Les Métiers. Suite de vingt-quatre planches en larg., cart. Epreuves coloriées.

COSTUMES MILITAIRES

120. Costumes de l'Armée française. Soixante-trois pièces en noir et coloriées par Bellangé, Draner, Martinet, H. Vernet et autres.

COSTUMES MILITAIRES

121. Scènes et costumes militaires par Martinet, Raffet, Charlet, Adam, Locillot, Lalaisse, Bellangé, C. Vernet et autres. Soixante-dix gravures et lithographies de divers formats, plusieurs sont coloriées.

122. Titre de réception d'officier de santé. — Congé absolu. — Brevet de contre-pointe. — Brevet de maître maréchal-ferrant. Quatre pièces en noir et coloriées.

DARJOU, STOP

123. La Bourse de Cythère. — Scènes maritimes. — Le Bal perpétuel. — Les soupeuses, etc. Dix-neuf lithographies coloriées.

DAUMIER (H.)

124. Le ventre législatif (H. B. 3). Très belle épreuve, sans marges.

125. Histoire ancienne. — Bohémiens de Paris. — Les Robert-Macaire. — Les Parisiens. Vingt-deux lithographies en noir et coloriées.

DAUMIER et CHAM

126. Album du siège. Recueil de quarante caricatures publiées par le « Charivari ». In-4 br., couverture illustrée.

DAVID (L.)

127. La garnison hollandaise défilant après la reddition de la citadelle d'Anvers, le 2 décembre 1832, d'après L. O. Belle épreuve coloriée à toutes marges.

DECAMPS

128. Feuilles de croquis. — Sujets d'Albums. Quinze lithographies. Belles épreuves, trois sont sur papier de Chine.

DEROY

129. L'Italie. Collection de sites les plus renommés et des monuments les plus remarquables de ce pays. Recueil de un titre et cent vingt lithographies ; pet. in-fol. dem.-rel. (Incomplet des n°s 28, 97, 98, 104).

DESSINS

130. **Anonyme.** Catafalque de Victor Hugo, érigé sous l'Arc de Triomphe de l'Etoile. Aquarelle.

131. **Arus** (R.). Histoire du jeune Barra. Quatre dessins à la plume rehaussés de gouache. Signés.

132. **Auvrest.** Portraits de Frédéric II, Henri IV, Louis XIV. Trois dessins à la plume. Signés.

133. **Bergeret.** Scène militaire, Bas-relief. Plume et lavis rehaussé de gouache Signé.

134. **Boilly** (Louis). Portrait d'homme, profil au crayon noir rehaussé de blanc.

135. **Boilly** (Jules). Portraits d'un officier et de sa fille. Deux dessins au crayon noir rehaussés de pastel. Signés. *Jules Boilly, 1833.*

136. **Saint-Aubin** (Aug. de) ? Portrait d'homme de profil, crayon noir.

DEVERIA (Achille)

137. La Reine des Belges (Pesse Louise d'Orléans), 1832 (H. B. 7 bis). Très belle épreuve.

138. *Dumas* (A.A A.). Fondateur de l'Ecole de notariat à Niort (256). — *Szirmay-Miklos.* Patriote hongrois (300). — M. X. Employé au Ministère de finances (329). Trois portraits. Très belles épreuves, deux sont sur papier de Chine.

139. *Noblet* (Mlle Alex.). Costume d'Isabelle (344). — *Devéria* (Eug.). Costume civil du temps de Louis XIII (355). — *Musset* (Alf. de). Costume allemand du XVIe siècle (362). — *Beauvoir* (Roger de). Raffiné du temps de Louis XIII (368). Quatre travestissements. Très belles épreuves.

140. Midi. — Deux heures après-midi. — *Mme Récamier.* — *Manuel.* — *Chauvelin.* — *Ternaux*, etc. Dix lithographies en noir et en couleur. Belles épreuves.

DEVERIA, GRÉVEDON

141. Costume civil du temps de Louis XIII (Portrait de Devéria). — Dame du temps de Charles VII. — Satisfaction. — Prévost (Mme). Quatre lithographies, une est coloriée.

DUPRESSOIR

142. Vues d'Angleterre. Quatorze lithographies pet. in-fol. Epreuves à toutes marges.

FANTIN-LATOUR

143. Le Poëte et la Muse (G. Hédiard. 45). Lithographie. Très belle épreuve du 2e état sur japon (tirée à 25 exempl.)

FLAMENG (Léopold)

144. La Ronde de nuit d'après Rembrandt (H. B. 219). Belle épreuve avant la lettre sur papier de Hollande.

GAILLARD (Ferd.)

145. L'homme à l'œillet, d'après Van Eyck ; in-8 (H. B. 25) Belle épreuve sur papier de Chine.

GAVARNI

146. *Gavarni*, à la cigarette (Mahérault 34). Trois épreuves des 2e et 3e états, une est sur papier de Chine.

147. *G. de Lanoue* (44 RRR). — *Alcide Tousez* (67). — *La Reine Victoria* (69 RR). Soyez discret. Quatre lithographies. Belles épreuves.

148. M. G. T. *Villenave*, homme de lettres (71 RRR). — *Gulnare* (Mlle Waldor) (72. 2 états). — *Murger* (Henry), avec signature autographe et dédicace (82). Quatre portraits. Très belles épreuves, trois sont sur papier de Chine.

149. Musiciens comiques ou pittoresques. Vingt-six lithographies in-4 (1512-1539). Très belles épreuves, la plupart avant la lettre ou avec bon à tirer.

GAVARNI

150. A Higland piper (1567). Très belle épreuve, grandes marges.

151. Masques et Visages. — D'après nature. - Fourberies de Femmes. — Le Carnaval à Paris. — Gentilhommes bourgeois et pièces tirées de diverses publications. — Soixante-douze lithographies.

152. Les Coulisses de l'Opéra. — Allons-y gaiement. Deux grandes lithographies coloriées.

153. Les Douze mois, dernière œuvre. *Paris, Aug. Marc*, 1869, gr. in-4, demi-rel. maroq. v. ébarbé.

GÉRARD-FONTALLARD

154. Bluettes, suite de douze lithographies in-4 en larg. Belles épreuves coloriées. (Les cinq dernières planches sont rognées.

GIGOUX (J.)

155. *Johannot* (Alfred et Tony). — *Artot.* — *De la Roche.* Trois lithographies. Belles épreuves.

GRANDVILLE (J.-J.)

156. Le Dimanche d'un Bourgeois de Paris ou les tribulations de la petite propriété. Suite de douze lithograpbies in-4 en larg. (H. B. 4.). Très belles épreuves coloriées à toutes marges.

157. Chaque âge a ses plaisirs. Suite de dix lithographies in-4 en larg. (H. B. 5.). Très belles épreuves coloriées, grandes marges.

158. — Sept planches doubles. Epreuves en noir, cinq sont à toutes marges.

159. Les Métamorphoses du jour, vingt-cinq pièces coloriées, la plupart à toutes marges.

GRANDVILLE (J.-J.)

160. Les Boissons, 7 pièces. — Observations et critiques, 14 p. — Voyage pour l'Eternité, 11 p. — Galerie mythologique, 5 p. — Les contrastes, 5 p. — Affiche pour les Métamorphoses du Jour, etc. Quarante-six lithographies en noir et coloriées.

GRENIER

161. Etudes variées. Vingt-neuf pièces in-4 coloriées.

GRENIER (E.)

162. L'atelier du mouleur, d'après E. Dantan. Lithographie avant la lettre sur papier du Japon.

GRÉVEDON (H.)

163. *Grévedon* (Mme H.), femme de l'artiste, actrice du Gymnase. 1830, in-fol. Superbe épreuve avant la lettre sur papier de Chine. Marges.

164. *Mars* (Mlle), actrice. Très belle épreuve avant la lettre sur papier de Chine.

165. *Dupont* (Mlle). Lithographie. Superbe épreuve à toutes marges.

166. *Bourgoin* (Mlle), d'après Sicardi. — *Falcoz* (Mlle). — *Orléans* (Hélène Duchesse d'). Trois lithographies. Belles épreuves, une est sur papier de Chine.

HENNER (d'après)

167. Femme couchée, lithographie in-fol. de C. Vergnes. Très belle épreuve avant la lettre.

HENRIQUEL DUPONT

168. *Mirabeau* à la tribune, d'après P. Delaroche (H. B. 77). — *Sauvageot* (Al. Ch.). (84). Deux portraits in-4. Belles épreuves avant la lettre.

169. Portraits de l'artiste gravés par Aristide Louis, Bellay et A. F. Quatre épreuves avant la lettre sur papier de Chine.

HERVIER (A.)

170. Lithographies artistiques. Composées et dessinées par A. Hervier. Suite de douze lithographies. *Paris, Latouche, s. d.*, pet. in-fol. cart. Belles épreuves, grandes marges.

171. Paysages, Marines, Scènes champêtres, etc., etc. Dix lithographies Belles épreuves.

INGRES (d'après)

172. Odalisque. Lithographie in-fol. par P. Sudre 1826. Belle épreuve.

ISABEY (J.-B.)

173. La Balançoire, titre pour une romance (G. Hédiard 28). Belle épreuve à toutes marges.

JACQUEMART (Jules)

174. Le Défilé de Nancy d'après Meissonnier; in-4 en larg. (H.B. 312). Belle épreuve avant la lettre avec les signatures.

JAPHET (A.)

175. Mon Village, les autorités. 6 p. — Mon Village, les gros bonnets. 18 p. Ensemble vingt-quatre lithographies in-4 coloriées avec les couvertures illustrées de publication.

LAGUILLERMIE

176. Gulliver enchaîné par les Lilliputiens, d'après Vibert ; in-fol. en larg. (H. B. 12). Belle épreuve d'artiste de l'avant-dernier état sur papier du Japon, signée, avec dédicace.

LALAISSE

177. Etudes de chevaux : Dépôt des remontes des haras. — Circonscription du Dépôt d'étalons de St-Lô. — Circonscription du dépôt d'étalons de Napoléon-Vendée. — Circonscription du dépôt d'étalons de Cluny. — Chevaux Arabes, de la Camargue et du Midi. Réunion de cinquante-quatre lithographies in-fol., demi-rel. maroq. v. Très belles épreuves sur papier de Chine. Recueil composé par Lalaisse pour le Ministère de l'Agriculture. *Provient de la succession de l'artiste.*

LALANNE (Maxime)

178. Chez Victor Hugo. Suite de douze pièces in-8 gravées à l'eau-forte. Epreuves sur papier de Chine signées par le graveur.

LAMI (Eugène)

179. Parisina. — Le Vampire. — Mazeppa. — Le Giaour. — La Fiancée d'Abydos. — Lara (ces quatre dernières en collaboration avec Géricault) 1823 (H. B. 12 à 14). Belles épreuves sur papier de Chine à toutes marges.

180. Six quartiers de Paris (voitures). Suite de six lithographies in-4 (254-259). Epreuves coloriées à toutes marges. On y a joint la première planche, épreuve en noir. Ensemble 7 pièces.

181. La vie de château. Suite de dix lithographies en larg , 1828. *Chez Lami Donezan* (278-288). In-4 cart. Très belles épreuves coloriées, grandes marges.

182. Quadrille de Marie-Stuart, 2 mars 1829. Bal de la Duchesse de Berry. Titre, vingt-deux costumes et quatre planches d'entrées et de vues de bal, Fouroux 1829. (H.B. 306-331). In-fol., dem.-rel. mar. v., av. c. Bel exemplaire.

LAMI (d'après Eugène)

183. La dernière Revue (du duc d'Orléans), triste souvenir dédié à l'armée.Lith. in-fol. de Desmaisons.Belle épreuve coloriée à toutes marges.

LAUTERS (d'après)

184. Les Bords de la Saône, 1835. Suite de vingt-six lithographies in-4 en larg., cart. Epreuves sur papier de Chine.

LEFORT (Henri)

185. Portrait de M. Pasteur, d'après Edelfeldt. Belle épreuve signée par l'artiste, avec dédicace.

LEGRAND (Louis)

186. Au cap de la Chèvre. Suite de quatorze lithographies in-fol. dans la couverture de publication. Bel exemplaire sur papier de Chine.

187. Cours de danse fin de siècle. Deux numéros du *Gil Blas*. 1er tirage des dessins de l'artiste, très rare.

LEJEUNE (le Général Baron)

188. Un cosaque, croquis lithographique, 1805. Très belle épreuve avant la date, à toutes marges.

LEMUD (A. de)

189. Maître Wolframb, lithographie in-fol. Belle épreuve.

LEPÈRE (Auguste)

190. Le Jardin des Tuileries. Bois en couleur. Superbe épreuve signée et numérotée (n° 25).

LÉPINOIS Père (De)

191. Souvenirs de Coucy. Dessins lithographiques, accompagnés d'un texte historique et descriptif, par M. le Cher de Lépinois. *Paris, Engelmann*, 1834, in-fol. cart. (Ouvrage orné de quatorze lithographies).

LE POITEVIN, DELARUE

192. Ombres fantastiques. — Silhouettes. — Les Diables de Lithographies. Vingt-huit pièces et deux couvertures illustrées de publications.

LE PRINCE (Xavier)

193. Inconvénients d'un Voyage en Diligence. Douze tableaux lithographiés par M. Xavier Le Prince. *Paris, Sazerac et Duval, s. d.*, in-4 cart. Très belles épreuves coloriées, grandes marges avec le titre (remargé) Rare.

194. Les Inconvénients d'un voyage en diligence. Suite de douze lithographies in-4 coloriées. Belles épreuves.

LÉVY (Alphonse)

195. Scènes de la vie Juive. Cinq lithographies. Trois sont sur papier de Chine.

LITHOGRAPHIES

196. Ecran avec lithographie coloriée.

197. Tête d'homme. Très belle étude inachevée dans la manière de Géricault.

198. Scènes militaires. — Feuilles d'albums. — Sujets historiques, etc. Quatre-vingt-cinq lithographies par Bellangé, Charlet, Raffet, H. Vernet. Belles épreuves.

199. Sujets militaires. — Feuilles d'albums. — Scènes historiques. — Costumes. Environ deux cent quarante pièces, par Bellangé, Charlet, Raffet, H. Vernet et autres. La plupart à grandes marges.

200. Réunion de quarante-une lithographies par Isabey, Gudin, Grandville, A. de Dreux, Cœuré, Roqueplan, C. Vernet, etc. Belles épreuves, plusieurs sur papier de Chine.

201. Réunion de soixante-douze lithographies par Grenier, J. David, C. Nanteuil, Baron, Devéria, Garnerey, Traviès, Hervier, Delacroix, Bellangé, etc. Plusieurs sont coloriées ou sur papier de Chine.

202. *Grévedon* (Mme), actrice. — *Victoria* (La Reine) jeune. — Représentants de la Commune. — Sujets religieux et mythologiques. Portraits et cartouches à la plume. Dix-huit pièces de divers formats.

203. Caricatures. — Portraits-charges. — Costumes. Vingt-cinq pièces par Daumier, Carjat, Adam, Grandville, David, Devéria, Gavarni et autres. Epreuves en noir et coloriées.

204. Costumes suisses. — Vie d'une jeune fille. — Promenade à la campagne. — Souvenirs des armées françaises, etc. Trente-quatre pièces par Grenier, Decamps, Adam, Bodmer, L. David et autres. Plusieurs sont sur papier de Chine.

LITHOGRAPHIES

205. Funérailles de Napoléon. — Episodes de la guerre de Crimée, etc. Quinze lithographies in-fol. en noir et coloriées.

206. Métiers et scènes de Paris. Dix lithographies avec entourages par Traviès, Bourdet, Bouchot et autres, tirées de *Paris-Vivant*. Très belles épreuves coloriées.

207. Environ trois cent vingt-cinq lithographies et quelques eaux-fortes par Adam, Adeline, Bellangé, Carjat, Decamps, Delaroche, Devéria, De Moraine, Gavarni, Goya, Hédouin, Francia, Lalauze, Léopold Robert, Raffet, Roqueplan, Swebach, Traviès, Valerio, etc. Plusieurs sont avant la lettre, sur papier de Chine. (Deux lots).

LLANTA

208. *Brambilla* (Marietta). Lithog. in-fol., 1835. Très belle épreuve sur papier de Chine, marges.

MADOU

209. Scènes familiales. Suite de douze lithographies in-4 en larg., cart.

MANET (Edouard)

210. Mort de Maximilien à Queretaro. In-fol. en larg. (H.B. 56). Belle épreuve.

211. La Barricade (57). Lithographie in-fol. Belle épreuve avant la lettre sur papier de Chine.

212. Polichinelle, chromolithographie en couleur (72). Belle épreuve, tirage à petit nombre.

MARCELLIN

213. Le Tabac et les fumeurs. Suite de un titre et vingt-quatre lithographies. *Paris, au bureau du Journal amusant*, in-4 cart. Très belles épreuves, marges.

MARTIAL POTÉMONT

214. Le Retour de la Pêche à Cancale, d'après Feyen-Perrin. Epreuve avant la lettre sur papier du Japon. Signée par le graveur.

MARTIAL POTEMONT

215. Lettre sur les Eléments de la gravure à l'eau-forte. Suite de quatre pièces dans la couverture de publication.

MAUROU (S.)

216. Marmiton fumant une cigarette. Lithog. d'après J. Bail. Epreuve avec remarque. Signée. 1893.

MEISSONNIER (Ernest)

217. Le Sergent rapporteur (H. B. 14). — Monsieur Polichinelle, dirigé vers la gauche (18). Deux pièces. Belles épreuves, une est sur papier de Chine.

MONNIER (Henry)

218. Mœurs administratives. Suite de douze lithographies in-4 coloriées (H. B. 384-396), épreuves à toutes marges. La douzième planche est en noir et on y a joint la treizième planche (Jour de Gratification), épreuve en noir, très rare. Ensemble 13 pièces.

219. Boutiques de Paris. Six lithographies in-4 en larg. coloriées (H. B. 426-431) (manque la planche 5e, les Bouquinistes).

219 *bis*. *Chansons galantes de Béranger*. Suite de quinze lithographies in-8, complément de la collection dés 40. Ed. 1828. — Suite de sept pièces in-8 pour une édition Belge. — Suite de vingt pièces in-8 publiées vers 1870. Ensemble 42 pièces in-8, en noir et coloriées.

220. Impressions de Voyage. Suite de six lithographies in-4 (H. B. 532-537). Epreuves coloriées. Marges.

221. Jadis et aujourd'hui. — Répertoire du Théâtre de Madame. — Les Gens sans façon. — Les Quartiers de Paris. — Esquisses parisiennes. — Vues de Paris. — Récréations. — Les Grisettes. — Le temps. — Galerie Théâtrale. — Mœurs administratives. — Portraits de l'artiste. — Couvertures. Soixante-huit lithographies en noir et en couleur.

MORNER, HULLMENDEL

222. Scènes de mœurs napolitaines. Onze lithographies, la plupart sur papier de Chine.

MORSE

223. *Hoym* (Ch. H. Cte d'), d'après Rigaud. 2 ép. — *Eugénie* (L'impératrice). Trois portraits in-8 et in-4. Belles épreuves avant la lettre.

MOUILLERON

224. Titres de Romances. Quatre lithographies. Très belles épreuves sur papier de Chine.

NIEL (Mlle), MARTIAL

225. Eaux-fortes sur le Vieux Paris. Douze pièces avec la couverture illustrée du publication.

ORLÉANS (Famille d')

226. Collection de vingt et un portraits publiés dans le *Panthéon des illustrations françaises au XIXe siècle,* avec introduction par M. Jules Janin. *Paris, Pilon,* 1873, in-4, demi-rel. chag. r.

227. Mort et funérailles de S. A. R. Monseigneur le Duc d'Orléans. — Portraits de la famille Royale Ensemble dix-sept lithographies in-fol. par De Roy, Grenier, Arneut, etc, cart.

228. Mort et funérailles de S. A. R. Monseigneur le Duc d'Orléans, 13 juillet 1842. Recueil complet des scènes historiques qui se sont passées depuis Neuilly jusqu'à Dreux. 7 lithographies par Victor Adam. *Paris, Bulla, s. d.,* in-fol. Sujets et portraits de divers formats, 7 p. Ensemble quatorze pièces avec une couverture illustrée de publication.

229. Portraits de la famille Royale. Lithographies par Morin, Lavigne, V. Adam, H. Lecomte, etc. Vingt pièces en noir et coloriées de divers formats.

ORLEANS (famille d')

230. Loi de la Garde Nationale, avec portrait du Roi Louis-Philippe et des costumes militaires. Image populaire collée sur carton.

231. Mort et funérailles de S. A. R. Monseigneur le Duc d'Orléans, 13 juillet 1842. Recueil complet des scènes historiques qui se sont passées depuis Neuilly jusqu'à Dreux. Lithographies de Victor Adam et autres. Vingt-deux pièces (plusieurs doubles).

PARIS (Pièces sur)

232. *Paris dans sa splendeur*. Monuments, vues, scènes historiques, descriptions et histoires. *Publié par Henri Charpentier, 1861*, 3 vol. in-fol., nombreuses planches, rel. chag. v., t. d. Bel exemplaire.

233. Vues de Paris et de ses monuments. Trente-huit lithographies par Adam, Bichebois, Boys, Schmitz, etc., épreuves en noir et colorées.

234. Les Grands Boulevards de Paris, lithographiés par Arnout en 1835. Epreuves coloriées et collées en album, très rares.

235. — Partie du n° précédent, du boulevard des Italiens au boulevard Bonne-Nouvelle. Belle épreuve coloriée.

236. Panorama intérieur de Paris. — Tableau et aspect général par quartiers des mœurs et coutumes de Paris. Trois lithographies gr. in-fol., par Provost. Belles épreuves.

237. Arc de Triomphe des Tuileries, érigé en 1806, dessiné, gravé et publié par Normand fils. In fol., demi-rel. nombreuses planches.

PIÈCES HISTORIQUES

238. Sacre et couronnement du roi Charles X à Reims en 1825. Costumes de dignitaires et vues lithographiques. Vingt-quatre pièces.

PORTRAITS

239. Littérateurs, Ecrivains dramatiques, Musiciens, Médecins, etc. Quarante et une lithographies in-4, publiées dans *le Panthéon des Illustrations Françaises du XIXe siècle.* In-4, demi-rel. chag. r.

PRUDHON (P. P.)

240. Une famille malheureuse. Lithographie in-8. Trois épreuves dont une sans marges.

RAFFET (Aug.)

241. Son portrait, dessiné et lithographié par son ami Aug. Bry, 1839. Belle épreuve sur papier de Chine.

242. *Marches* (Le Baron Alfred de) sur son lit de mort (H Giacomelli (11 RR). — *Pie IX* (le Pape) (31 RR). Deux portraits. Très belles épreuves sur papier de Chine.

243. Bataille mémorable et décisive d'Ayacucho, dans le Pérou (57 RR). -- Le Rêve (86). Deux lithographies. Belles épreuves, marges.

244. Retraite du bataillon sacré à Waterloo. (80 R.) Très belle épreuve du 1er tirage sur blanc (doublée).

245. Programme de la Société des Frileux (98). Belle épreuve. Rare.

246 De quoi vous plaignez-vous? (407). — L'Ennemi ne se doute pas que nous sommes là (411). — Ils grognaient et le suivaient toujours (414). — Demi-bataillon de gauche... (418). Quatre lithographies. Belles épreuves du 1er tirage.

247. Voyage dans la Russie méridionale et la Crimée, par la Hongrie, la Valachie et la Moldavie, exécuté en 1837, sous la direction du prince Anatole de Demidoff (594-702). Suite de cent lithographies in-fol., dem.-rel. chag. v., av. coins, ébarbé, avec le texte explicatif. Très belles épreuves sur papier de Chine. Grandes marges.

RAFFET (Aug.)

248. Recueil factice contenant soixante-quinze lithographies de tous formats. Sujets d'albums, Combat d'Oued Alleg, Le Duc d'Aumale, etc. — Sujets variés par Bellangé, 9 p. Ensemble quatre-vingt-quatre lithographies, la plupart en belles épreuves. In-fol., demi-rel. chag. vert.

REVOLUTION DE 1830

249. Suite de quatre lithographies par Charlet et Jaime. — Suite de trois pièces par Bellangé. — Vue de Twickenham. — Arrivée de Lafayette à l'Hôtel de Ville, etc. Seize lithographies.

250. 27, 28, 29 juillet 1830, représentés en trois tableaux, renfermant trois chansons patriotiques. Dédié à la Nation française. *Publié par Knecht et Roissy Paris, 1831.* Titre, 3 p. et tableau. Ensemble cinq pièces à toutes marges dans la couverture de publication.

251. Chants patriotiques et Episodes de la rue. Treize lithographies in-fol. par Bellangé, Adam, Decamps et autres. Epreuves en noir et coloriées.

252. Les Grandes Journées. — Portraits, — Macédoine patriotique. — Caricatures, etc Cinquante pièces de tous formats.

253. Drapeaux. — Pièces historiques. — Caricatures. — Scènes et Costumes militaires, etc. Soixante-cinq pièces en noir et coloriées.

254. Maison du Duc d'Orléans à Twickenham. — Campagne d'Algérie. — Costumes. — Batailles. — Chambre des députés, etc. Quarante-cinq lithographies en noir et coloriées.

255. Attentat de Fieschi. — Portraits de Fieschi, Pépin, Femme Petit, Morey, Boireau, Bescher, etc. Douze lithographies en noir et coloriées.

REYNOLDS (S. W.)

256. La Visite des Pauvres parents, gravé à la manière noire d'après Stephanoff. Belle épreuve, marges.

RICHOUX

257. Ecole Royale spéciale militaire. Suite de un titre et douze lithographies in-4 d'après Victor Adam. On y a joint 2 pl. double. Ensemble quinze pièces.

SCHEFFER

258. *Clara Gazul* (Portrait de Prosper Mérimée en femme). In-8 d'après Delescluze. Belle épreuve, grandes marges.

SIROUY (A.)

259. Un Duel après le Bal, d'après Gérome ; lithog. in-fol. Epreuve sur papier de Chine.

SPORTS (Pièces sur les)

260. Voitures. — Etudes d'animaux. — Chasses. — Courses, etc. Soixante gravures et lithographies en noir et coloriées.

TURPIN DE CRISSÉ

261. Souvenirs du Vieux Paris, exemples d'architecture de temps et de styles divers. *Paris, Duverger, 1835*, in-fol., dem.-rel. chag. r., av. c. (Ouvrage orné de 30 lithographies).

VERNET (Carle)

262. Portraits différents de l'artiste. Quinze lithographies et gravures par E. Lassalle, J. Boilly, Julien, Crépy Le Prince, Tixier, de Ladouce, Fr. Gaillard (1er état), Belliard, Krüger, Dantan, Benjamin, Alophe, L. Massard, Desmaisons et autres. Très belles épreuves.

263. Le Lancier en vedette, gr. in-8. *Lithographié par Engelmann, 1816*. C'est la première lithographie de l'artiste (H. B. 29). Très belle épreuve, rare.

264. La Vie d'un Soldat. Suite de 5 lithographies pet in-fol. en larg. (89 à 93). Très belles épreuves en double état Ensemble dix pièces.

265. Billet d'entrée pour le Cours de zoonomie de M. Hezeau (L'Ecorché de Houdon) (118. 2 ép.). — Tableau du squelette de l'homme (118 bis). Sujet militaire. Quatre lithographies. Très belles épreuves.

266. Tête de facture du Général Schmidt, marchand de pierres (119). Deux belles épreuves dont une avant la lettre, pièces curieuses et rares.

267. Diner de Gardes Nationaux, tête de lettre pour invitation hebdomadaire (120, 2 états). Très belles épreuves, petites marges.

268. Le Duc d'Orléans à Vendôme (227). Deux belles épreuves dont une avant la lettre, grandes marges.

269. Etudes de têtes de chevaux. Suite de quatre lithographies originales. Très belles épreuves coloriées.

270. Cris de Paris. Vingt-six pièces coloriées. Belles épreuves.

WYLD (W.) et E. LESSORE

271. Album Vénitien composé de douze vues, 1837. Epreuves coloriées dans le cartonnage illustré de publication.

CATALOGUES ILLUSTRÉS

272. **Vente Henri Garnier**. Tableaux modernes, Aquarelles, Pastels et Dessins, Bronzes de Barye et de Frémiet. Décembre 1894, in-4 br. Vingt-six reproductions.

273. **L'Atelier Meissonier**. Tableaux, Etudes peintes, Aquarelles et dessins. Mai 1893, in-4 br. Soixante-huit reproductions.

274. **Collection de Mr X...** Tableaux modernes. Avril 1895, in-4 br. Douze reproductions.

275. **Très beau Salon décoré par N. Lancret.** Mai 1896, in-4 br. Onze reproductions.

276. **Collection H. V.** Tableaux modernes, Pastels, Aquarelles, Dessins, Sculptures. Février 1897, in-4 br. Quarante-trois reproductions.

277. **Collection des Goncourt.** Dessins, Aquarelles et Pastels du XVIIIe siècle. Février 1897, in-4 br. Quarante-deux reproductions.

278. **Collection de Feu M. P. A.** Tableaux modernes, Aquarelles, Pastels, Dessins. Mai 1897, in-4 br. Douze reproductions.

279. **Collection Léon Décloux.** Dessins, Gouaches. Tableaux, Aquarelles et Miniatures du XVIIIe siècle. Février 1898. In-4 br. Vingt-huit reproductions.

280. **Collection de M. Victor Desfossés.** Importants tableaux modernes. Aquarelles, Pastels et Dessins, etc. Avril 1899 ; in-4 br. Vingt-cinq reproductions.

281. **Collection de M. le Comte Armand Doria.** Mai 1899. 1re Partie : Tableaux. — 2e Partie : Dessins, Aquarelles et Pastels. 2 vol. in-4 br. Nombreuses reproductions.

282. **Collection Charles Stein.** Objets d'art et de haute curiosité, Tableaux. Juin 1899 ; in-4 br. Vingt-neuf reproductions.

283. **Collection de M. Ad. Tavernier.** Mars 1900 ; in-4 br. Trente reproductions.

284. **Collection Bing.** Mai 1900 ; gr. in-4 br. Dix-huit reproductions.

285. **Collection de M. Charles G...** Juin 1900 ; in-4 br. Quatre-vingt-deux reproductions.

286. **Collection Hayashi.** Objets d'art du Japon et de la Chine, Peintures, Livres. Février 1902 ; in-4 br. Cinquante-quatre reproductions.

GRANDE IMPRIMERIE DU CENTRE. — HERBIN, MONTLUÇON.

www.ingramcontent.com/pod-product-compliance
Ingram Content Group UK Ltd.
Pitfield, Milton Keynes, MK11 3LW, UK
UKHW021116290826
14628UKWH00014B/2597

9 782329 390079